致热爱生活的你

也许,一间高端的民宿未能留住你匆忙的脚步,
你说这需要金钱;
也许,一篇浪漫的游记未能停止你刷屏的手指,
你说这需要时间;
也许,一件巧思的手作未能抓住你游离的目光,
你说这需要天分。
其实,许多事可以与金钱无干、与时间无争、与天分无关!
只要你有一颗热爱生活的心!

以书页为阶、图文为道,
平凡的日子可以延伸向美好的方向!
木子小姐邀你
同看浓浓春意,
同感清清夏逸,
共忆凉凉秋意,
共拥暖暖冬艺。

慢下脚步,关注身边的平凡事物,
拾取那些时间的碎片,
践行设计,做自己的创享家!
以生活为起点的简单美学,
无需等待!

阳光眷顾的地方,故事开始发芽!

忆雪香兰　/2

粉红少女心　/4

花朵里的春天　/6

蕨影画意　/7

小朋友的果蔬派对　/8

江边孩子的眷恋　/10

Gestalta先生　/11

小鸡的迷你王国　/12

猫咪的踏青足迹　/14

流星雨　/16

羊羊漂浮岛　/18

住在栅栏里的小白　/19

玻璃的微妙世界　/20

禅意清浅　/22

红刷子　/24

穿花边裙的细颈瓶　/25

香樟林下的幸福　/26

早间的问候　/27

春

童心未泯也过节　/30
清香粽叶　/31
最爱那一树微醉的蓝紫　/32
美饰花园派对　/34
嗨！大海　/40
豆荚上的诗篇　/42
圆嘟嘟的满足　/45
姑妈家的早餐　/46
静候看片会　/48
夏日佳肴排队等　/49
进山　/50
林下拾趣　/51
条纹之美　/52
森林的柔软肌肤　/54
夏日凉悠悠　/55
乡土符号　/56
田园山居的礼物　/58
紫色的惊喜　/60

送别的心意　/62
蓝色阴雨天　/63
早安，慢生活　/64
原来是"她"　/65
山民生活中的艺术　/66
青葱岁月　/68
残花　/70
阳光的斑驳印记　/71
山村厨房日日小美　/72

夏

枯木生花　/76

谁的空中小屋　/77

秘密花园　/78

游走在挂钩间的常春藤　/80

简单绿生活　/81

初秋的下午　/82

玩藕时光　/84

姜山多娇　/86

甜蜜·橙意　/88

"绿蘑菇"村庄　/90

色彩的魅力　/91

落叶的家　/92

角落里的绚烂　/93

圣诞聚会 /96
又一岁 /97
候鸟生活 /98
枯藤重焕生机 /101
枝叶装点的情人节 /102
新春快乐 /104
听！海的声音 /108
榕根缠绵 /109

冬

春意浓浓

忆雪香兰

雪化了，春醒了。春寒未去，却已春意浓浓。寥寥几支清香的小苍兰是春日里的礼物！它们与红褐色的简中式置物架相得益彰。

整束瓶插材料：香雪兰切花一束、宽口高身玻璃花瓶一只（形状最好如右图的长漏斗状，利于花束散开后的姿态展示）。

小枝瓶插材料：香雪兰几枝、饼干盒中的瓦楞纸一张、草绳或麻绳一根、小塑料瓶或玻璃瓶一只。

材料准备

我是这样做的

1. 整理花枝。稚嫩的香雪兰总会有一些小断枝，千万不要把她扔掉哦！尤其是一些可爱的小花蕾；

2. 整理材料。饼干盒里不起眼的瓦楞纸，你家一定也有吧！还有空空的小药瓶或小调料瓶，不用担心瓶身的标签，洗净擦干瓶身就可以啦；

3. 根据瓶子的高度修剪瓦楞纸，以稍长于瓶高为宜，遮挡住整个瓶身。如果瓦楞纸比较短，可以整体上移，可以露出瓶身下部，只遮住瓶口就行；

4. 将瓦楞纸包裹在小瓶外面，用草绳或麻绳缠绑，将其固定在瓶身中上部，打个简单的蝴蝶结；

5. 插入3-5枝香雪兰，调整长度。注意花枝不宜过多，且最好是以花蕾为主的小枝，以展现香雪兰的简洁优美。

完成啦~

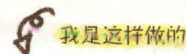 我是这样做的

1. 买回的香雪兰切花需要小心剥除玻璃纸包装，剪断捆绑的皮筋；轻拿轻放，避免柔嫩的花枝断裂；

2. 根据花器的高度，用枝剪修剪花枝基部（花枝长度为瓶高的两倍左右为宜）；

3. 去掉基部多余的叶片，以避免瓶内过于拥挤，影响花枝吸水和保鲜；

4. 将整束花枝插入瓶中，调整好形态。记得1-2天换水一次，也可加入少量蔗糖或专用保鲜剂，以延长观赏时间。观赏期可达一周。

 TIPS

1 浅棕色的瓦楞纸瓶插设计适于搭配红褐色的中式家居或原木色的简洁家居。

2 如果你用的瓦楞纸是白色的，则适宜搭配白色欧式家居或现代简约风格家居，同时用于固定的绳子建议用彩色丝带或布花边；

3 如果没有瓦楞纸，其他任何漂亮的包装纸都是可以的，只要注意与家居风格和颜色的搭配就可以啦！

4 香雪兰清新芳香，有定神、解疲、安眠作用。体量小巧的瓶插放在置物架或书桌比较适宜；整束瓶插放在餐桌或几案则更好！

5 早春温度较低，瓶插要远离窗口或通风走廊，大好的晴天可以让她在飘窗或阳台上温暖一下，但要避免阳光直射！

粉红少女心

已记不清那是多少年前的春天，江边总能见到浪漫的桃花水母；也想不起这是第几份春天的礼物，依旧是钟爱的小碎花与粉红色。小花问翠菊：我能相信你吗？翠菊回答：是的，这是我坚定的爱情。

粉色翠菊切花一束、花瓶一只（因为是高切花，花瓶选细长型为宜）、空香水瓶/化妆品瓶子、粉色系玩偶/摆件/饰品等。

材料准备

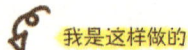我是这样做的

粉嫩色系尽显浪漫

1. 以粉嫩的翠菊搭配粉嫩的饰品（同色系的花材、玩偶、杯盘、发饰等都可以），更加凸显色彩主题，适宜放置在女孩子的房间，温馨浪漫。

2. 不小心折断的小花枝搭配小香水瓶/化妆品瓶，根据瓶子的形态和高度调整花枝长度。摆放在梳妆台或是床头柜等处作装饰，小巧可爱，能让爱美的你拥有一整天的好心情！

 完成啦~

TIPS

听说过用花瓣占卜爱情的传说吧，这当中的花材就是翠菊哦！在歌德名剧《浮士德》中，一位少女拿着翠菊，一边一片片地拔下花瓣，一边念着"他爱我吗？""他不爱我吗？"给世人留下了深刻的印象。

花朵里的春天

周末,小区门口的花农又来了。美美的花毛茛实在罕见,立马收之!让她们簇拥在窗台,眺望外面那片浓浓春意吧!春天的家,就该这样美美的!一片片覆瓦状的花瓣包裹成雅致的姿色,比玫瑰质朴、比山茶微醺。

花毛茛切花一束、花瓶以及其他小瓶子(药瓶/调料瓶等)。

宽口高瓶

材料准备

我是这样做的

1. 花毛茛切花买回后立即放入清水中,使其尽快恢复生机,注意轻拿轻放,避免柔嫩的花枝断裂;
2. 根据花器的高度,用枝剪修剪花枝基部(由于花毛茛花头较大、较重,插入瓶中易散开下垂,因此花枝不宜过长);
3. 去掉基部多余的叶片,以避免瓶内过于拥挤,影响花枝吸水和保鲜;
4. 花束插入瓶中,置放于餐桌或客厅几案、朝北的飘窗等处,注意防止阳光曝晒;
5. 水中可加入少量保鲜剂,以延长花期;
6. 小断枝可用小瓶瓶插放于置物架或书架。

 完成啦~

TIPS

1 清水淹没茎秆的一半即可。清水中可加入2-3滴保鲜液,2-3天剪根、换水一次,以延长花期;

2 花毛茛色彩亮丽、花朵精致,最好搭配形体简单、颜色单一的花瓶。

蕨影画意

采自竹林边的蕨三两枝，舒展地在素墙上投下最优雅的姿态。搭配大理石的砚台，酝酿出一幅清雅的水墨画！快合上外公的笔尖吧，它们已经蠢蠢欲动。

蕨数枝（带根）、苔藓/装饰细砂、种植土、小陶罐、素色碗、饰品。

材料准备

 我是这样做的

1. 清理采回的蕨，去掉残枝败叶和部分根系；
2. 备好陶罐、素色碗或其他类似容器，底部垫几颗小石子，以利于排水；
3. 根据容器的高度和体量选择适宜的植株种入，三两株即可，注意调整高低搭配和种植方向；
4. 土表用苔藓或装饰细砂覆盖。

 完成啦~

TIPS

1. 为了更好地营造画意，可以在植株旁搭配放置卵石、大理石砚台、木串珠/石串珠、香座等；
2. 蕨的气质很适合中式家居，摆放在书房、置物架、客厅都很好，但要注意单一的浅色背景更利于展示蕨的优美姿态。

小朋友的果蔬派对

为小朋友的生日准备的Party，没有鲜花、没有气球，但缤纷的色彩和最新鲜的味道，大大满足了孩子们的视觉和味蕾要求！果蔬主题的沙拉聚会成功举行，健康又多趣。

胡萝卜、白萝卜、黄瓜、柠檬、金橘等新鲜、颜色鲜艳的果蔬，牙签，小刀，玻璃杯等。

材料准备

我是这样做的

切片，厚度0.5cm左右

用小刀在果片、瓜皮上刻出各种形状

在制作镶嵌果片时，嵌入的部分要稍大一点，以便于嵌入和固定

将组合好的果片用牙签固定好，还可用果汁软糖等进一步装饰

发挥想象力，还能做出更多的图案呢

1. 将胡萝卜、白萝卜、黄瓜洗净，切成约0.5cm厚的片状（可根据造型具体需要的形态调整厚薄，但若太厚不利于做造型、若太薄在雕刻时容易损坏）；
2. 用小刀在果蔬片上刻出自己想要的形状，可先轻轻刻画轮廓，易于修改，后再深入刻画；
3. 若要制作镶嵌造型的果片，嵌入的部分要稍大一点，以便于嵌入和固定（可采用黄瓜皮刻画一些精致的细节部分）；
4. 将组合好的果片用牙签固定好，还可用鲜花/果汁软糖/果冻布丁/饼干等进一步装饰在各种造型的玻璃杯中，好看又好吃！

完成啦~

江边孩子的眷恋

今天收到筱子弟弟的一份礼物,沉甸甸的。打开一看,原来是一款质朴的卵石花器!卵石,对于江边长大的孩子而言,有着最亲密的感情,打水漂、垒高塔都是常有的活动。而我们尤爱那些形状独特或是颜色花纹别致的卵石,一颗颗视若珍宝地收藏着。

TIPS

石头总会给大家带来无穷的想象力,也能够与各种家居环境很好地融合,只要控制好大小和颜色搭配就可以了!

Gestalta先生

亲爱的Gestalta先生，你一定是位热爱生活又亲和可爱的旅行家！许多人的家里都留下了你的身影。你爱站在茶几旁看人们聊天的表情，你也爱坐在书架旁听书页翻动的声音……我邀请你来欣赏我的花花草草，你爽快地到来了！一起来分享植物小精灵的美妙世界吧。

完成啦~

TIPS

1 简单的小盆栽和木头人放置在一起，场景马上变得有趣起来！
2 木头人可以呈现你喜欢的造型，你还可以尝试用植物给木头人做服饰哦！

小鸡的迷你王国

小时候，我总想变成拇指姑娘，蜷缩在核桃壳里美美地睡上一觉。现在，我依然向往那些童话般的迷你世界。穿过小小森林的黄色小鸡，你定也很喜爱这里吧！核桃壳的可爱弧度，总会给你无限想象。

核桃壳、小型多肉植物、种植土、苔藓/装饰细砂、迷你园艺小工具/其他可替代工具的物品、迷你盆插等。

材料准备

我是这样做的

1. 准备半个完好的核桃壳，将小型多肉植物种入其中，并用镊子调整植物的角度；

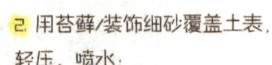

2. 用苔藓/装饰细砂覆盖土表，轻压、喷水；

将土填入核桃壳

将1-2cm高的多肉小苗植入

在有土裸露的地方盖上苔藓，轻压、喷水

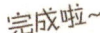 完成啦~

 将迷你盆插插入适宜的位置。

TIPS

小体量的植栽最好放在能够近距离观赏的小空间,例如台灯座上、电脑旁、小型置物架上、梳妆台上等。

猫咪的踏青足迹

清晨，小猫爬上树枝上的吊篮，期待着风儿的问候。一声清脆的叮当声，伴随着轻微的晃动，把思绪牵引至温暖如春的浪漫鼓浪屿。

中午时分，小猫坐在软绵绵的苔藓上休息，枝叶间漏下的光影让他昏昏欲睡。

傍晚了，小猫还不回家。他发现了一个树洞！这里一定有着许多的秘密！也许树梢抽生的绿叶和花朵就是那些或酸涩或美丽的秘密的化身！

小盆栽、铁链花篮/小吊篮、种植土、拉菲草、风铃/明信片/玩偶等饰品。

小吊篮

铁链花篮

拉菲草

材料准备

我是这样做的

1. 在铁链花篮中放入拉菲草，再放入部分种植土，留出种植空间；
2. 购买一盆适宜做吊篮装饰的盆栽植物（矮牵牛、蟹爪兰、倒挂金钟等），将植物取出，清理根部多余土壤，种入吊篮中；
3. 用风铃、玩偶等饰品装饰；
4. 适量喷水，保持盆土湿润而不积水。

将拉菲草放入铁链花篮中

放入种植土，将植物栽入

将小饰品挂上

完成啦~

TIPS

1 适宜放在朝南的阳台或庭园中,光照不足会使枝叶徒长、观赏性降低;
2 选择透气性好的种植土,不易使根部腐烂。

流星雨

今天接到闺蜜的邀请，一起去她的新家看流星雨！喝着咖啡，聊着开心的事，其实看不看得见流星雨并不要紧，在一个美丽的夜晚对着天空许愿，希望她能够在如此浪漫的家里安放要要的幸福！

小小的入户花园，用鞋子来美化墙面，好有创意

很多人觉得入户花园仅仅是"看起来很美好"，也有人将这里改造为实际的储物空间。其实这个小天地可以用花草好好装饰一番。女孩子们总有一堆闲置的高跟鞋，那么请她们来充当花器吧！挂在鞋柜附近，短暂的换鞋时间也能收获一份好心情！

同样是鞋子花器，还可以成排摆放在窗台上呢！窗户就像生活的画框，记录着日常的点点滴滴。而这些鞋子，也正是生活的印记！

"足下生花"的窗台

扩展卧室和阳台的窗户，直至地面，装上玻璃鱼缸，躺在床上也能看着鱼儿游来游去～

阳台和卧室共享的鱼缸，旁边装饰以绿植

悬吊花器装饰的角落

质朴的绿植装饰

小花器装饰的厨房壁橱也生气盎然

羊羊漂浮岛

凉亭边的水缸再不会寂寞啦！波光绿影中，漂浮着一座圆形的玻璃小岛，随着微风，水面上激荡出一圈又一圈欢乐的弧线。两只憨态可掬的小肥羊，悠闲地藏在小岛中。也许这个世界并不大，但有你在身边就好~

材料准备

小石子、轻质疏松的种植土、小型植物/苔藓、玻璃器皿、迷你花插、水缸。

我是这样做的

1. 在玻璃器皿的底部铺上少许小碎石，以利于排水；
2. 放入轻质疏松的种植基质，并种上小型植物或直接铺上苔藓，轻压、喷水；
3. 插入迷你小花插；
4. 如果你有鱼缸、水缸或小水池，将绿植放入任其漂浮。这份浪漫休闲的情趣，你是不是也很想拥有呢？

完成啦~

住在栅栏里的小白

起早去动物园！刚好赶上长颈鹿的早餐时间。第一次近距离给这样的庞然大物喂食，好兴奋！美丽的大眼睛和长睫毛，优雅的脖子和斑纹，长颈鹿小姐是如此迷人。欢迎你来参观我温馨的家园，与"小白"作伴、蝴蝶为友。

白晶菊盆栽、栅栏花器、趣味铅笔/花插/风车等饰品。

材料准备

🌱 我是这样做的

1. 将2-3盆白晶菊盆栽放入栅栏花器中；

2. 插入趣味铅笔/花插/风车等饰品，简单的盆花就变得更加可爱啦！

可爱的笔当作"花插"

完成啦~

TIPS

1. 适宜放在朝南的阳台或庭园中，否则光照不足影响开花；南方较热天气下应注意适当蔽荫；

2. 保持土壤湿润，但不宜过湿，否则会造成烂根，影响生长发育；

3. 花谢后可随时剪去残花，促发侧枝产生新蕾，以延长观赏期。

玻璃的微妙世界

沙沙沙……起风了！最爱这微风轻拂的下午，这些装着云朵和梦想的玻璃世界悠悠地晃荡着，融入迷离的光影中。

玻璃器皿、种植基质、小石子、苔藓、小型植物、迷你花插、麻绳等。

材料准备

 我是这样做的

1. 选择可悬挂的玻璃器皿作为花器（可以购买专用的悬挂玻璃花器，也可以选用自留的适宜玻璃容器）；
2. 在玻璃器皿底部铺小石子以利排水，再铺上轻质疏松的种植土，种上小型植物或铺苔藓；
3. 轻压、喷水，插入迷你花插或铺上彩色砂石；
4. 用麻绳将玻璃器皿悬挂起来，注意高低搭配和观赏角度的调整。

完成啦~

TIPS

1 饰品不宜过多，为植物留出足够的生长空间；

2 适宜挂在窗台或小庭院，控制间距，避免碰撞、缠绕等，大风天应取下；

3 也可挂在室内作为特色隔断，但有幼童的家庭应注意调整悬挂高度。

禅意清浅

凉幽幽的阴天。那些素雅的瓷碗，盛着满满的质朴和禅意，陪着我静静坐着。灵巧的小石子们，你们就这样好好地保留那些棱角吧，这才是属于你们自己的符号！

盘/碗等简单质朴的瓷质容器

多肉植物、苔藓、各种颜色和大小的石子、种植土、饰品等。

材料准备

我是这样做的

1. 根据设计的造型，选择简单质朴的盘/碗作为花器；
2. 花器底部铺设大石子，其上铺入种植土，植入植物；
3. 土表铺设苔藓、白砂或装饰彩砂石，并搭配饰物。

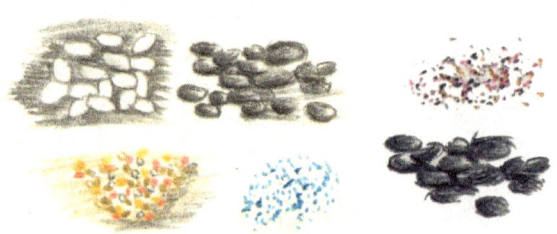

大石子适宜铺在容器底层利于排水，各色小石子可用于装饰

多色小蛭石
白沙
大石子

白色小卵石
营养土
大石子

完成啦~

枯荣

日式小景

三色小碗

TIPS

　　日式的盆栽适宜搭配清雅的禅意家居，因此花器和饰品的选择非常重要。可以好好研读一些日式枯山水的园林景观，从中获取更多的创作灵感。

红刷子

"试管刷"原来也有春天！我不会将它作为花的姿态来欣赏，去期待它的芬芳。就任它这样英姿飒爽、风韵独特！这是春的另一种模样。

TIPS

红千层奇丽、热情的花序真是让人印象深刻啊！其实我们看到的是它的雄蕊。这个来自澳大利亚的特色植物，不但能作景观树、防风林，也能做盆栽、盆景和插花，枝叶熬汤有祛风、化痰、消肿的作用，小叶提炼的精油更可用作日化品的香精。真是一种神奇的植物呢！

穿花边裙的细颈瓶

当一只玻璃瓶也舞动着裙摆，对着镜子咏唱春天的美好时，你还能宅在家里吗？快出去感受春的气息吧！

糕点花边纸、细口小玻璃瓶、双面胶、植物小枝等。

材料准备

我是这样做的

1. 糕点盒中常常能看到一些漂亮的花边纸，留下没有油渍的花边纸；
2. 清洗干净生活中常用到的细口小玻璃瓶，比如形状好看的小酒瓶；
3. 在花边纸上贴好双面胶，并粘贴在瓶身上，遮住玻璃瓶上的标签；
4. 小枝、藤蔓插入瓶口，使呈弯曲下垂状；
5. 还可插入数枝小野花，并搭配颜色接近的蝴蝶结进行装饰。

完成啦~

香樟林下的幸福

美美春日，满目青绿。香樟林下盛开着大片的扁竹根，轻盈灵动的花瓣好似一只只飞舞的蝴蝶，在微风中欢快地嬉戏。钟情于浅紫色的母亲，每个春天都能和它们一起回忆那些青春岁月。

扁竹根的花语"相信就是幸福"！这让我回想起父母年轻时的一张旧照：在蓉都的香樟林下，大片茂密的扁竹根花丛中，他们摆着文艺范的造型，表情羞涩而幸福。如今，香樟林更加葱郁，扁竹根花年年盛开，他们的爱情依旧美好！

玻璃容器、扁竹根花枝等。

材料准备

 我是这样做的

1. 扁竹根花枝平面分散，不适宜做高瓶瓶插，因此选取低矮的小型圆肚花器，更适合观赏它如蝴蝶一般的美丽花姿；
2. 剪取扁竹根花枝插入花器，瓶口露出整个花朵，便于固定，同时半球状的整体花冠与花器形状能够很好地呼应；
3. 配上紫色系的小香水瓶、饰物等。

TIPS

1 采回的扁竹根花枝避免阳光直射；
2 容器中注水到2/3左右，注意经常换水；
3 可用于装饰马桶水箱、卫生间置物架、梳妆台等小空间。

早间的问候

薄雾朦胧的清晨，打开冰箱觅食，只见一棵青翠的芹菜正裹着薄膜酣睡。起来吧！我不由哼唱起那首依稀记得的《芹菜》，轻松愉快的调调播洒开来。别致的芹菜花束，淡淡的清香，带来Morning惊喜。

芹菜　扁竹根花朵　小葱　胡豆以及玻璃杯等。

材料准备

我是这样做的

1. 将芹菜去叶插入宽口玻璃杯中，玻璃杯高度应为芹菜的1/3左右；
2. 用葱缠绕、遮蔽生硬的杯口；
3. 在芹菜杆中插入扁竹根花朵，呈S形布局，避免造型死板（若直接插入有困难，可借助牙签）；
4. 截取小段牙签穿上胡豆，插入芹菜杆，装饰在空白处。

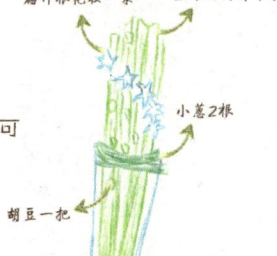

扁竹根花枝一束　　去叶的新鲜芹菜
小葱2根
胡豆一把

TIPS

1 清爽的绿色系装饰需要简单的背景，利于观赏；
2 现代简约或简中式家居更加适合这样的装饰，可摆放在厨房、置物架或几案。

夏逸清清

童心未泯也过节

相信在每个人的心中，都藏着自己孩提时候的影子。儿童节不仅仅是孩子们的节日，也是保有童心的人可以欢度的时光。柠檬开口笑着那些永远也长不大的人儿：谁说成熟一定要长成酸涩的模样？

迷你南瓜两只、黄色非洲菊两枝、柠檬一只、托盘等饰物。

材料准备

 我是这样做的

1. 迷你南瓜去顶、去心，注入少许清水；

 完成啦~

柠檬小人的做法：切下柠檬蒂，将柠檬倒放后，在一侧用牙签固定柠檬蒂，小人可爱的帽子就做好啦；在适宜位置刻出眼睛、嘴巴等，展现你喜欢的的表情，并在眼睛处镶入绿豆或其他豆粒。

2. 根据瓜体高度，修剪非洲菊花枝长度，一高一低插入即可。

1 可以搭配动物小摆件或藤球等放置；
2 摆放在客厅电视墙附近、阳台、庭院都是可以的！也适宜摆放在餐桌上，在他们的陪伴下用餐，一定会有愉悦的好心情。

清香粽叶

到了吃粽子的日子啦！粽子、龙船花、艾草和菖蒲是必不可少的节日材料。闻着淡淡的药草香，满口香糯的粽子，真的很是满足啊！（不知道还有多少人保持着门边挂艾草和菖蒲的习俗呢。）

塑料瓶或杯子、粽叶、竹编蒸格、花材等。

材料准备

 我是这样做的

1. 选择高低大小各异的塑料瓶或杯子，2-3个一组作为花器（若选用塑料瓶，则需要剪切）；

> 完成啦~

2. 将洗净晾干的粽叶圈在容器外，用牙签固定叶片首尾，插入艾草、菖蒲、龙船花等节庆花材；

3. 竹编蒸格洗净晾干，将干花花枝或藤蔓镶入，壁挂。（最好采用斜向构图，并且画面不宜太满！）

1 端午节的餐桌或几案装饰。如果你能买到一串串的迷你小粽子，挂在竹编蒸格上或是摆放在花器边，会显得十分可爱且增添节日气氛。

2 干净的粽叶容器还可以盛放花生、糖果等。

最爱那一树微醉的蓝紫

"蓝色雨"淅淅沥沥下了一夜，那满地幽幽蓝蓝的浪漫，是多少人初夏的记忆！终于有机会触摸这些曾经高高在上的小精灵。毛毛的、嫩嫩的，个个都探出俏皮的姿态。我将她们请进我的花瓶，我将她们悬挂在我的窗根……我想，我们之间将有更多的凝视和话语。

 蓝花楹落花若干

 有众多小分枝的干树枝

 纸杯　　小挂饰　　白胶　　小刀以及麻绳/丝带等

材料准备

瓶插

我是这样做的

1. 拾取完好、干净的蓝花楹落花若干（花朵娇嫩，注意不要沾水，轻拿轻放）；

 完成啦~

2. 拾取有众多小分枝的干树枝（分枝小而密更好，利于做出饱满繁密的花束）；

3. 将蓝花楹落花一朵一朵小心翼翼插到干树枝上（由于花朵略有弧度，应顺着花朵弯曲的角度选择适宜的小枝，小枝应穿过花朵基部）

4. 成束后插入花瓶（选择长椭圆形、圆柱形、葫芦形等广口高瓶，花瓶高度宜为花枝高度的2/5左右）。

TIPS

1 虽然这样的花束只能观赏2-3天，但是终于能在家里欣赏这毛绒绒的浪漫，也让人兴奋无比。

2 这样的花束与居室的融合度很高，只要花瓶的形态、颜色与居室风格相搭就好。

纸杯装饰

我是这样做的

1. 用小刀在纸杯底部开小洞（先切成十字形，再调整孔洞大小）；

用刀开小洞

用白胶把花料粘在纸杯上

2. 从杯口开始，用白胶由下至上一圈一圈粘贴花朵（蓝花楹花朵为微弯曲的喇叭形，将花朵朝下，并根据花朵形态调整粘贴角度）；

3. 用麻绳或丝带将花朵纸杯穿起来，下面系上小风铃等挂饰，就可以美美地挂在窗前啦。

4. 还可以做成装饰小灯罩哦！

▷ 完成啦~

TIPS

1. 避免挂在阳光直射的地方，以延长观赏时间。
2. 挂在室外的话注意避免淋雨。

美饰花园派对

热情明媚的夏日里，花儿或娇艳或清丽。但那些呆萌的小多肉和不起眼的蔫花、野果，也是这个季节的馈赠。来吧！热爱自然的女孩儿们！加入我的花园派对，美美地享受下午时光吧！精美的植物饰品与美酒、美食一样令人喜爱！

串起美好的记忆，浓浓的都是阳光的味道

镶入发丝的精灵，俏皮、灵动而不乏浪漫

花饰耳环

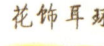我是这样做的

材料：曲别针、软陶、轻质基质、多肉小植物、小野果等。

1. 将曲别针弯折成顺应耳朵形状的S形（上大下小，上面挂在耳廓上，下面便于固定花饰）；
2. 将软陶固定在铁丝末端，并捏出小碗状便于装入花饰（根据花饰调整碗型的大小和深度）；

3. 软陶小碗内加入少许轻质基质，种入多肉小植物、小野果等，再将碗口部微微拢以固定植物，防止掉落。（若多肉小植物的根系太长，最好不要剪掉，否则影响后期种植；将根系盘起来用种植基质固定即可。）

1. 这个耳饰一定是低调而独特的。只要固定得当，正常行走和活动是完全不用担心脱落的哦！
2. 搭配这个耳饰的发型最好干净利落，若要披发最好扎成公主头（长发、短发均可），也可将长发挽起扎成丸子头，总之要露出耳朵来，以更好地展示耳饰。
3. 多肉植物虽然耐性强，但带着它们玩一天后，还是要将其种回小盆里养一养的！下文中用到的植物也一样，就不一一赘述啦。

花饰戒指

我是这样做的　　材料：戒托、软陶、轻质基质、多肉小植物、小野果/小野花、细麻绳等。

1. 在戒托上固定软陶，并捏成碗状（可以捏得深一些，避免植物掉落）；

2. 加入少许轻质基质，种入多肉小植物、小野果/小野花等；

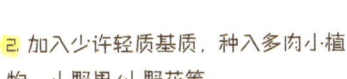

3. 在空隙处用镊子镶入少许苔藓；

4. 在软陶侧面缠绕细麻绳等加以装饰，让戒饰显得更加精致。

1. 如果找不到戒托，可以塑料小环结合软陶来制作，但是稳固性较差。
2. 也可以用塑料小环做出简单别致的戒指：将小野花/小果枝的茎杆缠在小环外面，一只手固定茎杆、一只手用麻绳密密地缠绕茎杆和小环，打结；最后只露出花朵/小果即可。虽然这个小戒饰只能玩一天或者几小时，但它十分别致而鲜活。

花饰发夹

材料：你的收纳盒里长期不用的发夹、软陶、轻质基质、多肉小植物、小野果/小野花、装饰花边等。

我是这样做的

1. 将软陶固定在发夹末端，并捏成小碗状（可以根据发夹的形状和大小调整软陶大小和位置）；

2. 种入迷你多肉植物，搭配其他小野花/小野果/苔藓等，并轻捏收口；

3. 在软陶侧面缠绕装饰花边。

红酒塞花饰胸针

材料：红酒塞数个、轻质基质、多肉小植物、藤蔓、小野果/小野花、刻刀、别针、黏胶、蝴蝶结等装饰物。

我是这样做的

1. 根据设计，用刻刀在红酒塞上刻出固定槽（不管胸针是横着还是竖着设计，固定槽最好刻深一点，但注意不要刻穿啦！刻成长方形或三角形利于固定植物）；

2. 在别针底座上涂上热熔胶或AB胶，粘贴到木塞背面（即切口的背面。若别针不便粘贴，可将木塞背面切平再粘贴）；

3. 在木塞刻槽中插入多肉小植物、藤蔓、野花/野果等，还可以粘贴蝴蝶结、亮片、小彩珠等装饰物。

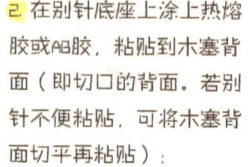

藤蔓装饰

粘贴蝴蝶结缎带装饰

插入果枝或叶片装饰

这样小巧的花饰别针，不管是别在胸前，还是帽沿或是布包上，都是吸睛神器！

果壳花饰胸针

材料：完整的蓝花楹果壳、轻质基质、草本小植物、别针、黏胶等。

 我是这样做的

1. 将蓝花楹果壳擦拭干净，尤其注意清理掉果壳里面的小昆虫；

2. 将别针粘贴在果壳上（由于该胸针有一定重量，因此别针最好粘贴在果壳的中上部，避免佩戴时下垂或脱落）；

完成啦~

3. 在果壳中放入1/3种植土，再种入自己喜欢的草本小植物（植物伸出果壳高度最好不超过果壳的长度），再填入1/3种植土固定（种植土不能露出来，否则就难看了）；

1 注意喷水，这个胸饰的使用时间还蛮长的哦！

2 果壳上面还可以粘贴小果、小木珠或其他木质/草编的小饰品，搭配森女风的服装会比较有调调。

果壳花饰项链

材料：1/2蓝花楹果壳、皮绳/麻绳、小果枝、小杉果、黏胶等。

🏷️ 我是这样做的

1. 将蓝花楹果壳洗净、晾干；

2. 用皮绳/麻绳捆绑在果壳柄上（如果你有打孔器，也可以在果壳上部打孔，再穿绳）；

完成啦~

3. 在果壳上部粘贴小果枝，再在其上粘贴小·杉果，遮住果枝柄和绳结的地方。

1 注意搭配果枝和绳子的颜色哦，同色系的最好；

2 这款耐用又耐看的挂饰，不管是搭配简单的T恤还是脱俗的森女系连衣裙，都能HOLD住！

·39·

嗨！大海

在一家地中海装修风格的餐厅，我与室内装饰师愉快地闲聊。我们聊着餐厅的精美花砖和定制的彩绘家具，聊着圣托里尼的建筑与海。那些蓝与白的世界，让我回想起垦丁洲岛的沙滩、皮皮岛的海水、济州岛的浪花……这个闲置多时的鱼缸，守护着我从海边拾回的贝壳、海里捞出的珊瑚。就让它们和绿植一起，替我保存那些咸腥的记忆吧！

海洋风白瓷花盆、闲置的玻璃鱼缸、多肉植物、种植基质、贝壳／海螺／珊瑚／小饰品等。

材料准备

我是这样做的

1. 选择海洋风白瓷花盆作为种植容器，盆土表面加以装饰；

2. 闲置的玻璃鱼缸有更多的空间来种植和布景：从下到上依次铺设粒径1-2cm的石子和8-10cm厚疏松透气的种植土；再种入仙人掌等小型多肉植物（注意调整高低搭配）；最后土面铺设1-2cm厚细白砂；

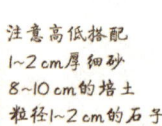

注意高低搭配
1~2cm厚细砂
8~10cm的培土
粒径1~2cm的石子

3. 植物旁装点承载着海边记忆的贝壳、海螺、珊瑚等可爱萌物，能更好地进行装饰和造景。

完成啦~

TIPS

1 也许你的家居并非地中海风格，但这样的装饰与旅行的记忆一样，可以融入每一个家庭！

2 阳台、飘窗都是适宜的摆放位置；如果卫生间空间较大，放在洗手台边也可以。

豆荚上的诗篇

好天气的周末，去郊外的生态农场摘菜是个不错的主意！这些可爱新鲜的豆荚，散发着怡人的清香；扭转的姿态诠释着生命的自由。读着豆架中的诗歌、菜地里的篇章，收获总是令人轻松愉悦。

废弃的牛皮纸包装盒、高脚玻璃杯、小杯子/瓶子、托盘、四季豆、豇豆、其他装饰花材等。

材料准备

 我是这样做的

1. 将2-3根较长的豇豆弯曲，首尾插入纸盒中（纸盒中事先放入一团纸，能够起到固定作用。）

2. 再在纸盒周边缝隙处插入四季豆，注意调整豆角的弯曲角度。

完成啦~

3. 在观赏面插入果枝或花枝装饰，使构图更加饱满（可以选择一个低于纸盒的小瓶盛水藏入纸盒中，再插入花材，可延长观赏时间。）

 TIPS

纸盒装饰摆放在厨房的角落、餐桌上均可！

我是这样做的

1. 选取无虫洞、未破损的豇豆，擦拭干净，注意不要沾水。

3. 在容器中插入四季豆，也可在容器中注水插入花材；

2. 将每根豇豆打结后，套到小杯子/瓶子外（圈径根据杯子直径调整，并且越向上叠加圈径越小，以便于固定）；

4. 摆放在托盘上，用小果、藤蔓等装饰。

适宜摆放在餐桌或者茶几上，注意托盘等配饰的颜色和风格与家居环境的搭配。

3-4个一组的高脚玻璃杯装饰,摆放在吧台、餐桌、餐边柜等长条状的家具上观赏较好。

豇豆结也可以套成串挂在椅背或厨房挂钩上进行装饰。只是干后容易脱落,可以提前用牙签固定打结处。

圆嘟嘟的满足

网上淘到的牛奶杯终于到货啦！肥圆的杯肚和柔润的杯口带来满满的幸福感，爱不释手！

圆嘟嘟的牛奶杯、白百合、红色非洲菊、绿色花椰菜、海鲜菇、蓝色包装纸等。

材料准备

我是这样做的

1. 根据杯子的颜色，选择同色系的花材；

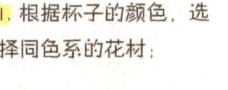

2. 非洲菊茎杆细长，插入宽口杯需借助剑山固定基部，或者利用交叉小棍固定在杯口；

3. 将废弃的蓝色包装纸对折放入蓝色杯子中，再插入海鲜菇。

TIPS 这又是一组适宜餐桌、吧台、餐边柜等长条状家具的装饰。

姑妈家的早餐

热闹的鸡鸣狗叫，是乡下清晨特有的起床进行曲。姑妈家的院子实在是太富有生活气息，让人恨不得早点退居田园生活！有枇杷膏和柚子酱的早晨，注定是美好一天的开始。不管是松软的面包片，还是紧实的馒头片，敷上厚厚的一层枇杷膏，大口咬下去，面点的香醇中融入酸酸甜甜、浓浓稠稠的口感，马上激活我挑剔的味觉！再饮一杯黄橙橙的蜂蜜柚子茶，这简直就是夏天最经典的味道！

枇杷、冰糖、可密封的玻璃瓶、柚子皮、蜂蜜。

材料准备

蜂蜜柚子茶

我是这样做的

1. 柚子洗净削皮（最好用盐水清洗）；

2. 将柚子皮切丝，并在盐水中泡1h左右；

3. 将柚子果肉与切成丝的皮放入沸水中煮，再注入少许清水和冰糖，可根据喜好调整水量和糖量；

4. 烧开至黏稠状收汁，注意搅拌避免粘锅；

5. 盛入瓶子后，再倒入蜂蜜，冷却后装瓶密封（最好是分装数个小瓶，更方便保存和食用。）

▷ 完成啦~

46

枇杷膏

我是这样做的

2. 5kg枇杷约加200ml水、加冰糖（可根据自己的酸甜喜好增减糖量），大火煮直至水开；

1. 挑选新鲜的枇杷，洗净后剥皮去核（也可洗净不去皮，吃起来则比较糯）；

3. 再小火熬40min直至呈黏稠状；期间可用筷子或勺子将果肉捣碎；

4. 冷却后装瓶密封（可分装成数个小瓶）。

1 需冷藏保鲜，且冷藏后口感更好；
2 蜂蜜柚子茶有润肺化痰、护喉利咽的功效。枇杷膏具有美白嫩肤、除痰止咳、润肺清肠的功效。

静候看片会

旅行归来的看片会就是和朋友们一起回味看过的风景、分享成长欢乐的过程。闷热的午后下起了大雨,用一杯清凉静候朋友们的到来。

细长高脚玻璃杯、芹菜、白百合、青苹果、青枣、绿色托盘等。

材料准备

我是这样做的

1. 先在高脚酒杯中插入芹菜,芹菜高度与酒杯高度相当;

3. 搭配绿色托盘、绿苹果、青枣和白色饰品等。

2. 再插入白百合,花枝上最好能有一朵盛开的花朵和一个花蕾,以使构图更加丰富;

完成啦~

1. 绿、白色系的搭配,为夏季增添清爽的感受。
2. 适宜摆放在餐桌、茶几、厨房等处。

夏日佳肴排队等

炎炎盛夏,苦瓜清苦的味道带来一抹幽凉。小动物们聚集在苦瓜的蘑菇花园外,排队等候美味的夏日佳肴。

苦瓜　海鲜菇　小蘑菇　常春藤　彩色落叶　海金沙等

材料准备

我是这样做的

1. 选择完好、饱满的苦瓜。用细铁丝弯成半圆状插入苦瓜;

2. 将常春藤或其他藤蔓缠绕在铁丝上;

铁丝　绕上常春藤
用牙签固定

3. 用牙签将小蘑菇们固定在苦瓜上,注意构图优美。

4. 也可将苦瓜、彩色落叶和藤蔓捆绑垂吊在一起进行装饰。

完成啦~

TIPS

1 搭配小动物摆件,瞬间充满童趣!
2 装饰的苦瓜随着时间推移会由青变黄、由黄变橙,一起来欣赏这个微妙过程。

进山

清晨七点，搭上七月最后一班进山的火车，逃离酷热喧嚣的城市。走在凉爽的山间，路边遍开的紫菀煌浸得令人驻足。它是那么素雅静谧，正如它的花语：回忆和真挚的爱！

鲜艳完整的玉米叶、玻璃杯、紫菀。

材料准备

我是这样做的

1. 在玉米叶的中脉处划一道小口；

2. 将玉米叶绕在玻璃杯上，将尾部穿过中脉处的小口固定好；

完成啦~

3. 将紫菀花去叶，整理成束插入杯中。

TIPS

1 紫菀花需水量大，需注意及时补水；

2 紫菀花最好早上采摘，轻轻抖落露珠，并驱散躲在花间的小昆虫。

林下拾趣

旅行的记忆总习惯性地保存在当地的自然纪念品中！九寨沟的清水、皮皮岛的白沙、赤水的红土、济州岛的松果、挪威的杉果，还有这山里的一切。钟情于松果翅鲜有节奏的排列方式和杉果的玲珑精致，我常常在天晴的日子进林子捡果子。最自然的颜色和芬芳，是乡村的原木家具最和谐的搭配。

杉果枝、松果、麻绳。

材料准备

我是这样做的

1. 拾取完好干燥的杉果枝，去除蜘蛛网、泥土或小昆虫等；
2. 排好后扎成束，注意保持后长前短；
3. 用麻绳或草绳挂住松果，拴在果枝上。

完成啦~

TIPS 可以挂在床头或墙上进行装饰。

条纹之美

曾听老师说过"庄稼的青春之美不逊于花卉、远胜于花卉。"那些骄傲挺立着的玉米,风姿卓越;叶片上黄绿相间的条纹,是阳光的足迹!也许,人们就是被这种自然的视觉效果所感动,设计出时尚界经典的条纹元素。

鲜艳完整的玉米叶、饮料瓶、麻绳、各种野花野草。

材料准备

我是这样做的

1. 饮料瓶剪成杯状,根据花材调整瓶高,为花材高度的1/3-1/2为宜;

2. 将玉米叶一片片竖着包裹在饮料瓶周围;

3. 当玉米叶完全包好饮料瓶后,用绳子或皮筋固定中部,并将过长的叶片尖部卷进瓶内;

4. 另取一片较长的玉米叶,沿中脉剪开叶片,去掉坚硬的中脉;

5. 将柔软的叶片缠绕在瓶身中部打结,遮挡绳子或皮筋;

6. 瓶中由后至前,先插入玉米叶做背景,然后再插入中景细长花材,最后插入杉树枯叶、红叶等前景材料。

完成啦~

TIPS

1 竖向构图的造型需注意前后与高低的均衡：右后为宽大叶片做底衬，左前为精细小枝或花材；

2 也可用铁盒子或其他容器进行装饰，根据形态设计插花作品，你会发现这些不起眼的乡土材料趣味非凡！

森林的柔软肌肤

树皮间、枯枝上、石缝里……青青草色随意舒展。真没想到，这个寻觅苔藓的早晨却意外开启了蘑菇的发现之旅！山间阴云变幻、时雨时晴，林子里便孕育出一颗颗神奇的"花朵"，鲜亮可爱，纯美诱人。

苔藓、铲子、塑料袋、干果枝、铁盒等。

材料准备

我是这样做的

1. 寻找干净茂密的苔藓，去除泥污和小昆虫（树桩上的苔藓会更干净，也方便采取）；

2. 用铲子剥离苔藓时，保留1-2cm的土层，小心操作，避免散碎；

3. 采好的苔藓放到塑料袋中带回家，以避免其脱水；

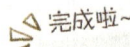 完成啦~

4. 将苔藓种到铁盒、盘子等容器中，其上插入干果枝或小动物摆件进行装饰。

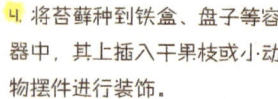

 该组造型装饰家居时应放在通风蔽荫处。

夏日凉悠悠

飘荡在夏天的雪花，纯净而缥缈；摇荡在夏天的风铃，轻盈可爱。一面素盘和一只素瓶，盛载了装饰夏季的雅致和静谧。

塑料瓶或玻璃杯、酸奶玻璃瓶、白色托盘、沙参等小花枝。

材料准备

将紫色沙参花枝插入酸奶玻璃瓶中（根据小花下垂的方向将整体花枝偏向一侧）。

我是这样做的

1. 剪开塑料瓶或直接选用透明玻璃杯；

2. 选取白色小花花枝插入瓶中，配以白色托盘，突显白色主题。

 完成啦~

乡土符号

来山里避暑的人越来越多，小山村的新建村舍也陡然增加。城里人的到访虽给村民带来致富的机会，但纯净的田园风貌多少受到些破坏。村边，土墙垫瓦的老房子又少了好几座。我赶紧拾回一片土瓦和一片翠绿的苔藓，珍藏起浓浓的乡味与细细的清凉。

瓦片、小碎石、种植土、苔藓、干果枝/花枝等。

材料准备

1. 先在瓦片上垫一些碎石，以利排水；

我是这样做的

2. 碎石上覆土，堆成需要的形状（可以是半球形、球形、圆锥形、棱锥形等）；

3. 将苔藓铺在土上，轻压固定；

4. 摆放在通风荫蔽处，注意及时补水，见干见湿；

5. 苔藓上插入干果枝或花枝进行装饰；也可以搭配迷你动物摆件，营造出喜爱的情景。

▽▽ 完成啦~

TIPS
适宜搭配中式风格、乡村风格的家居，摆放在置物架或者几案上。

田园山居的礼物

莫奈遭受着白内障的困扰，却依旧使莲池中有着那抹惊艳的黄！梵高若不是活在偏执的精神世界，怎能画出星空中鲜活的蓝！

晴空下，穿过村边大片的玉米田，我带回了一片营养不良的玉米叶。油画颜料般饱满的铁锈红赋予了它那衰源的气质，比黄绿更沉稳，比浓绿更厚重。用它包裹一束绛红的莢果枝，送给一位成熟优雅的女性：我亲爱的母亲。

妈妈将果枝插到瓶子里，可以观赏一周以上。橙红的夕阳映照中，它们沉淀得更加华丽，正如妈妈的暮年之美！

颜色鲜艳的玉米叶、新鲜的果枝、尖椒、塑料瓶等。

材料准备

剪开一只塑料瓶当作容器，插入尖椒和小果枝，田园风的小装饰其实很简单。

▷ 完成啦~

TIPS

也可以尝试其他果蔬材料，比如白玉菇、四季豆等，都能营造出让人意外的田园风装饰效果。

🔖 **我是这样做的**

1. 将玉米叶剪成两段，平铺在桌上；

2. 修整果枝，去掉多余的叶片，并捆绑成束；

3. 将果枝放到玉米叶上，基部用玉米叶和草绳捆绑成束。

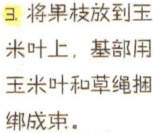

 完成啦~

紫色的惊喜

我总爱抬头望天、低头寻宝。天空让我驰骋想象，而大地给我惊喜和感动。今天，我在草丛里发现一颗紫色的小果，一拉却拉出一串又一串！雕琢璞玉一般小心翼翼擦拭清理满身是泥的小果，直到她们紫得发亮。恢复娇颜的她们将像美玉一般高贵而精美。

带滤水网格的皂盒、铜锤玉带草果枝、朽叶、玻璃杯/瓶等。

材料准备

 我是这样做的

1. 将铜锤玉带草果枝去泥、擦拭干净；

2. 将果枝根部通过漏水孔插入皂盒托盘中，以利其吸水，延长观赏期；

3. 将果枝在皂盒周围盘扎成环，枝头自然垂挂在外侧；

4. 将皂盒上下叠放；

5. 也可将果枝穿插到皂盒滤水孔中，再挂到挂衣钩上进行装饰（因为没有水分补充，观赏期只能维持2天左右）。

完成啦~

🌱 我是这样做的

1. 采用宽口玻璃杯，选择阔叶结合下垂的果枝进行瓶插。注意让中部呈饱满状，上部则适宜选择竖直、简单的花枝或狭长叶片进行装饰，形成疏密有致的效果；

2. 也可将果枝盘扎在牙签或树枝上，固定造型后将根部插入玻璃杯中（注意果枝下垂高度的调整）。

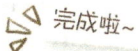 完成啦~

送别的心意

那个每天跟我在院子里做早操的小姑娘要回城里了，我将一张风景明信片剪成拼图碎片送给她，采来最新鲜的素材精心包装好礼盒。我想在孩子的记忆中，埋下乡土气息审美的种子，让他们爱上每一寸土地、每一束阳光。

包装盒、玉米叶、大片树叶、小果枝、麻绳或草绳等。

材料准备

我是这样做的

1. 用玉米叶包裹礼盒；

2. 用麻绳或草绳捆绑固定；

3. 以青冈叶做底，将果枝捆扎在叶柄基部；

4. 用麻绳或草绳将装饰部分固定在盒上，礼盒就包装好啦！

蓝色阴雨天

雨一直下！连续几天的绵绵冷雨带来浓浓的秋凉之意。漫步山间，水沟边那幽幽蓝蓝的鸭跖草愈发清新。阴郁的心情被点亮了，朦胧的视线清晰了，整个人都明朗了！

蓝色宽口塑料瓶、蓝色鸭跖草、蕨、蓝色系装饰小物等。

材料准备

我是这样做的

1. 选择蓝色宽口饮料瓶，中间剪断后，瓶口朝下倒置作为容器；

2. 蓝色鸭跖草（去掉多余的叶片）捆绑成束，插入瓶中；

3. 蕨减去尖部，再将小叶修去5cm左右，插入瓶中做成造型，并配上青冈叶；

4. 用蓝色奶酪棒或其他蓝色饰品点缀装饰。

完成啦～

TIPS

鸭跖草和蕨最好清晨就去采摘，采回后尽快瓶插，以保持材料的新鲜态。

早安，慢生活

　　山居的慢生活，是在悦耳的鸟鸣中开启新的一天。白色牵牛花是清晨最美的使者，开满屋后绿色的铁篱笆。娇嫩的花朵如裙裾般飘逸，缀着晶莹的露珠轻舞着。

小玻璃瓶、白色牵牛花、蕨、草绳等。

材料准备

我是这样做的

1. 在瓶中插入两片蕨叶，一片朝上、一片朝下，用草绳穿过下面那片蕨的小叶间，在瓶颈固定，让整体造型呈S型（如果不用草绳，可以用细长的草叶替代）；

2. 蕨叶间插入两朵白色牵牛花，调整好角度即可。

完成啦~

原来是"她"

不经意间居然在山坡上碰见许多含苞待放的暗紫色花蕾，充满着古典气质的姿态让人充满期待。这日，她们终于甜蜜绽放！这娇艳的野棉花是著名的药用植物，小学课本里把她称作"打破碗花花"。

小玻璃瓶数个、饮料瓶、野棉花、铜锤玉带草果枝、其他配材等。

材料准备

我是这样做的

1. 根据野棉花花枝高度、颜色和形态选择适宜的小玻璃瓶；

▽ 完成啦~

2. 先插入铜锤玉带草小果枝，使呈下垂姿态，再插入野棉花构成主景，最后插入沙参花序补充观赏面，营造丰富的层次感（注意总体构图）；

3. 也可在挂篮角落中放入小瓶插花，瓶子宜小而矮，最好不要超过篮子的高度，便于稳固和观赏；

4. 还可在壁挂袋里面放入半截饮料瓶，用塑料晾衣夹或回形针夹住瓶口和布袋边缘以固定，注水插花（注意瓶口不得高于袋口，避免露出影响美观）。

山民生活中的艺术

你一定想象不到，山民的背篓肩带会如此的美丽，浅草绿色，柔软精细。这种美只是山民生活中无意的一部分，激发了我无尽的想象！

背篓肩带、小玻璃杯、树枝、果枝、蕨等。

材料准备

我是这样做的

1. 小玻璃杯置于当中，按如图所示方向缠绕草编制的背带在杯子外面，杯中插入柳杉枯枝、酸模干果序、蕨叶等；

2. 或将背带缠绕成篮状，中间插入柳杉枯枝、酸模干果序等；

3. 也可按如图所示方向将背带缠绕成圆环状，并插上酸模干果序，悬挂装饰；

草编背带还可缠绕成球状、杯状等，或简单盘扎在玻璃杯外侧，加以柳杉枯枝、酸模干果序、野棉花等进行装饰，营造清新的田园气息。

 完成啦~

青葱岁月

又是一年鹊桥会！聚少离多的我们在山中共度七夕。窗外，一片葱花在阳光中摇曳；光影转换中，我们已匆匆走过数年。送你一束带着玉米清香的葱花，青葱岁月虽然逝去，但生活的浪漫永远留存。

葱花、玉米皮、玉米叶、草绳或麻绳、小琉璃瓶等。

材料准备

我是这样做的

1. 将大小均一的葱花整理成束；

2. 用数张玉米皮环绕包裹在花束茎杆上，基部用草绳/麻绳或玉米皮捆绑；

3. 将玉米叶剪成两段，尖部朝下，垫在花束下方，捆绑固定。

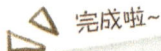

完成啦~

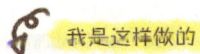 我是这样做的

1. 口服液空瓶洗净,用玉米叶包裹在外面;

2. 用打结盘扎起来的玉米皮在底部做托固定(注意高低搭配,不要做成一样高);

3. 选择大小不一的葱花插入其中,并摆放在浓绿的玉米叶上。

 完成啦~

TIPS 适宜摆放在靠墙的餐桌边或是有立挡板的边柜上。

残 花

野棉花渐渐失色，黯然的花瓣四处飘零，唯有黄色的花蕊繁茂如初。去其残花，空枝高擎，好似雅致静开的莲花。遗落的几颗花蕾，垂挂在弯曲的枝头，也可以长长久久地观赏。

奶酪盒、小铁盒、野棉花、苔藓等。

材料准备

我是这样做的

1. 奶酪盒或小铁盒洗净晾干，铺入小石子和少许种植土；

2. 再铺上苔藓轻压；插入带有野棉花花蕾或花蕊的小枝。

完成啦~

TIPS 小巧而赋予禅意的小品，适宜放置在洗手池旁边或是书架上。

阳光的斑驳印记

那一片片，收藏的是阳光的斑驳；那一块块，铭刻的是光影的姿态。傍晚的斜阳洒进窗台，问候她的旧友，再归去山间。

漂亮的枯叶、瘦长的瓶盖/小瓶、草绳/麻绳、小果枝、小树枝、其他配饰等。

材料准备

我是这样做的

1. 瓶盖外包裹落叶，用草绳捆住中部固定，盖中注水（选用体量适宜的小瓶子也可以）：

2. 插入小果枝、小树枝等，并搭配树皮、松果等进行装饰。

完成啦~

TIPS 适宜摆放在靠墙的桌边或是有立挡板的边柜上，装饰有光影的地方将会更有情调。

山村厨房日日小美

富饶的山间小盆地里，赶集的日子总是那么忙碌而喜悦！我们拎着新鲜的蔬果满载而归。随手取一只菜椒，切口、注水，插入几朵小野花，未来的三五天就用它来装点厨房！几截不起眼的胡萝卜千万不要扔掉，它们一样可展现生态健康的田园风范。

胡萝卜、青椒、玉米叶、小果枝、小树枝、各种小野花等。

材料准备

1. 准备三截粗细、形态和高度不同的胡萝卜，切割处理后利于直立；

 我是这样做的

2. 将最矮最胖那根胡萝卜的顶部切十字槽，利于固定小束果枝（最好能扩大挖坑，注入少量水，以延长观赏时间）；

3. 将小束果枝、姿态优美的小树枝分别插入胡萝卜顶部；

4. 将这组胡萝卜装饰组合放置在浓绿、平整的玉米叶上。

▷▷ 完成啦~

适宜摆放在靠墙的餐桌边缘或是有立挡板的边柜上，与简中式、乡村风格的家居更搭哦！

我是这样做的

1. 在青椒中部切开十字，挖孔、去籽；

2. 注水后插入三两枝小野花（注意调整青椒和花枝组合的平衡度）；

3. 将青椒插花放置于小托架、厨房置物架上或台面角落处。

TIPS

黄花毛茛水养观赏期可达3~5天；时时更换小野花也非常方便。

秋忆凉凉

枯木生花

圆嘟嘟的脸，圆溜溜的眼睛，圆鼓鼓的肚子，就是他！就是这只无敌可爱的小熊，与我分享童年、度过少年，又步入青年。你也有这样的密友吗？好天气的日子里，带上他一起去触摸那些柔润饱满的花瓣、去逗弄树干上活泼的小昆虫。

枯树干、种植基质、多肉植物、藤球、配饰小品等。

材料准备

我是这样做的

1. 山里捡回的枯树干，清理腐烂破败的部分，作为种植容器；

2. 在树干凹陷处和树洞处填入种植基质，再种入各种多肉植物（注意高低搭配和色彩选择）；

完成啦~

3. 在土表和其他缝隙处覆盖苔藓，轻压、喷水。

TIPS

1. 可以搭配动物小摆件或藤球等进行装饰；
2. 可以摆放在阳台或者庭院。

谁的空中小屋

"天空之城"印记在许多人的美好幻想中。蹲下身来,建造属于自己的空中家园!谁那么幸运,能踏着绿云住进这座梦想小屋呢,是蚂蚁先生,还是瓢虫小姐?

高花盆、多肉植物翡翠项链、小饰品等。

材料准备

我是这样做的

将翡翠项链以悬垂的方式种入高花盆中,盆土表面铺一些小彩石进行装饰,并搭配小饰品。

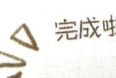
完成啦~

翡翠项链是易养的多肉植物,保证种植土排水良好、光照充足就可以了。

秘密花园

粗简的砖墙和破旧的铁门，在这个不起眼的地方，小陶瓶、小陶盆和可爱的肉肉，每一处都藏着鲜活灵动的故事，每一片都写满幸福生长的心意。

小陶瓶　麻绳　小型多肉植物　空气凤梨　小饰物　陶罐、陶盆等

材料准备

 我是这样做的

1. 在陶瓶颈部栓上麻绳，瓶内种上植物；

在陶盆盆栽中搭配迷你花园用具、衣物鞋包上脱落的金属牌来装饰，会有很不错的效果！

2. 把数个小瓶串起来挂在柱子上或墙上；

3. 整理一下它们的排放位置，展现灵动活泼的装饰效果。

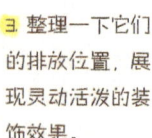

完成啦~

TIPS

1 适宜装饰地中海和乡村风格的家居。

2 悬吊植物装饰中,空气凤梨的装饰效果非常别致。空气凤梨适宜温度15～25℃,注意每周喷水2～3次。如果它长得灰白而坚硬多鳞,那要带它多晒晒太阳;如果颜色浓绿少鳞,那可能属于耐阴品种,养护中注意荫蔽。

游走在挂钩间的常春藤

在开阔的山景阳台上，常春藤定是応了青山之緣，长得异常葱郁。取两枝瓶插水养挂在厨房，才发现原来挂钩们可以如此浪漫。

南瓜玻璃瓶

常春藤

非洲菊或其他花材

材料准备

完成啦~

我是这样做的

1. 在南瓜玻璃水瓶注水到2/3的位置；

2. 将常春藤缠绕在玻璃瓶的铁丝提手上，基部插入水中；

3. 将非洲菊或其他喜欢的花材修剪到合适的长度插入瓶中。修剪在水中进行，并斜剪使得吸水面积增大；

4. 将其挂在厨房或洗手间的墙壁挂钩上。

TIPS

1 适宜装饰地中海和乡村风格的家居。

2 同样的装饰方式也可采用空气凤梨为材料。

简单绿生活

小巧而精致的绿植，搭配简单可爱的小玻璃瓶，就能轻松营造出鲜活灵动的绿色生活空间。看着这些小精灵，心情也随之开朗了。

各种类型的　水培植物
小玻璃瓶

材料准备

 我是这样做的

各式玻璃瓶

麻绳　　连钩

2. 用麻绳或细铁丝拴住瓶口，注水、悬挂；

 完成啦~

1. "收藏癖"的家里一定有各种可爱的玻璃瓶吧？把它们翻出来吧！

3. 绿萝、常青藤、网纹草等都是易于养护的水培植物，剪枝插入即可。

水培植物：

绿萝　袖珍椰子　铜钱草　常春藤……

1 也可以整株水培，需要将根部清洗干净，保留粗壮健康的根系；
2 注意第一周每天换水，其后每3-5天换水一次。

.81.

初秋的下午

洒满斜阳的厨房，暖暖的。忙碌的晚餐准备时间拉开序幕，鲜艳的甜椒与花儿洋溢着幸福的味道。夜晚的烛光在灯笼般的红甜椒中闪耀，房间仿佛在余晖落后再一次洒满温暖的橘色光芒。

红甜椒　　豇豆　　四季豆　　大红色非洲菊、托盘等

材料准备

我是这样做的

1. 选择饱满、完好，且能立放的红甜椒；

2. 将红甜椒的顶盖去除，取芯挖空并注水；

3. 将豇豆弯曲，首尾插入红甜椒，调节好观赏角度；

4. 修剪非洲菊的高度，插入红甜椒中，调整花朵观赏角度（可用牙签协助固定茎杆）；配上几根四季豆。装饰好的红甜椒2—3个一组放在托盘上，注意形态和高低的搭配）。

还可将红甜椒从2/3高度处切去上部，去籽掏空，用粗吸管在侧面扎出许多小孔；甜椒中插入蜡烛，它就成为了烛光晚餐时的烛台。（修切蜡烛的高度，以火焰刚好高出红甜椒切口为宜。）

82

完成啦~

玩藕时光

初秋，清甜的藕汤是我最喜爱的滋补。案台上，或圆肥或高瘦的藕段，有着艺术家随性与雅致的气质。妙趣横生的美食装饰，悄悄绽放在厨房的角落。

藕段　　花材　　各色小尖椒　　蕨　　杉果等

材料准备

 我是这样做的

选择直长的莲藕

1. 挑选饱满完好、形态满意的藕段；

2. 用布轻拭藕面，不要清洗更不要削皮哦，否则表面很快就发黑了；

处理莲藕上端切平下端切平

下端用面团堵住下方的洞

3. 去除藕上下的节，重点调整下端，使其易于直立；并用面团堵住下端的藕孔，以阻止漏水；

4. 将修整好的藕段进行搭配，以组合花器的形式放到托盘中（宜一高一矮、一胖一瘦）；

5. 根据颜色搭配，选择适宜的材料插入藕孔中（鲜切花、干花、果枝、蕨、小尖椒等均可）。

姜山多娇

每一块生姜呈现出的不同形态，都是大地匠心独到的杰作。用它们来塑造咫尺盘中小景，写意了无限的豪迈与俊秀。

姜块　　　牙签/剑山　　小果枝、花枝以及托盘等

材料准备

 我是这样做的

1. 挑选姿态心仪的姜块（小枝丰富多变的更好，形态单一的姜块则比较难以造型）；

2. 用剑山固定姜块的基部，将其树立起来（也可用牙签辅助固定）；

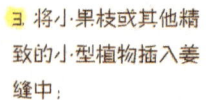

3. 将小果枝或其他精致的小型植物插入姜缝中；

4. 如果姜的形态更适合平躺，那么可以在姜缝中插入绿色条状叶片和小果枝等进行装饰；

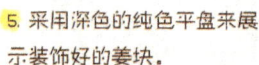

5. 采用深色的纯色平盘来展示装饰好的姜块。

完成啦~

TIPS

1 请注意装饰托盘与家具在颜色和风格上的协调；
2 适宜摆放在餐桌、几案、橱柜之上。

甜蜜·橙意

男孩和女孩在甜橙满树的秋天相识，数年后在金桂飘香的秋天相守。从青涩走向成熟，他们一起采摘下甜蜜的果实。橙色，成了他们幸福的底色，温暖快乐；诚(橙)意，作为他们誓言的合音，以此相知相伴。

香橙、金橘、柠檬、橙色非洲菊、其他可搭配的花材等。

材料准备

  我是这样做的

1. 在花泥中插入非洲菊，再用其他花材填充，呈饱满的半球状；

2. 将香橙横剖开，用一次性筷子支撑，插入插花中，调整好造型即可。

也可在玻璃花瓶中放满柠檬或小金橘，再将插花固定在瓶口。

完成啦~

TIPS

1 注意突出橙色色彩基调，花材、水果、气球、桌卡等装饰都要呼应主题；
2 虽以橙色为主，但色彩要深浅变化；适当搭配黄色和绿色，层次会更加丰富。

"绿蘑菇"村庄

在山那边、海那边的精灵村庄，有一群住在红蘑菇当中的蓝精灵。绿花菜建造成的这个"绿蘑菇"村庄，也会带给你无比欢乐的童年回忆。

绿色花椰菜、豇豆、青枣、配饰等。

材料准备

 我是这样做的

2. 将花椰菜的下端修整平整，使其易于直立；

1. 将花椰菜分成大小不一的几份；

 完成啦~

3. 在托盘中将花椰菜结合豇豆、青枣摆出喜欢的造型，并邀请你的小玩偶加入！

 可以摆放在餐桌边、厨台的角落以及茶几上进行装饰。

色彩的魅力

不论是鲜艳的饮料瓶和水果餐具，还是绚烂的花朵与糖果，都是极富魅力的色彩享受。随手选用的蓝、橙色调，就能碰撞出别致的装饰感。

浅蓝塑料瓶、蓝色玻璃瓶、橙色非洲菊、橙色水果叉、彩色糖果等。

材料准备

我是这样做的

①饮料瓶　②非洲菊

1. 漂亮的饮料瓶总是不舍得扔掉，简单的花器只要注意颜色搭配，就能变得有格调。橙色与蓝色的撞色搭配，鲜亮而富于活力；

完成啦~

2. 与居室色调结合，搭配同色系的家居用品，有完美的装饰效果。

TIPS

摆放在餐桌或是茶几上，可与环境完美配合。

落叶的家

秋日，层林尽染，绚烂多染。用落叶装饰的门厅便签台也流露出森林的气息。随着每天更换的叶片，心情也因此绚烂。

牛皮纸纸盒、落叶、蕨、松果、树皮、树枝笔、小竹帘、其他小饰物等。

材料准备

 我是这样做的

1. 将小巧的牛皮纸纸盒挖孔，孔的形状和大小自定；然后在盒子内装上松果（也可以是胸针、发夹、干花、照片等，只要与孔洞形状大小匹配都可以）；

2. 将叶片插入盒子缝隙中，大型叶片用一大一小·两片（注意姿态调整），若是小型叶片则3-5片为宜（注意不要选完全一样大的叶片）；

完成啦~

3. 将盒子放在后面，前面散放松果、树皮、便签等。

 TIPS

这组装饰森林系风格十足，可完美呼应森林系风格的家庭装饰。

角落里的绚烂

对美的追求不会落下房子里的每一个角落。堆放着的甘蓝、洋葱和葡萄，不只是美食的组合，也是浓紫色调里最和谐的搭配。

紫色甘蓝、紫色勿忘我干花、紫色洋葱、紫色葡萄、紫色包装纸、木托盘等。

材料准备

完成啦~

将同色系的蔬菜、水果、花朵装饰在一起

TIPS

其实生活中美的发现就那么简单！只要将同色系的蔬菜、水果、花朵在角落中布置好，任一角度拍出的美图，都能迎来朋友圈中无数的点赞。

冬芜暖暖

圣诞聚会

温馨的圣诞节，与亲爱的姐妹们相聚。每一位都打扮得美美的，为我们一起走过的青春留下最闪光的记忆。

茶叶盒盖子或其他盖子、果枝、小树枝、双面胶/白胶、照片或图片。

材料准备

我是这样做的

1. 选好照片或图片，剪成圆形(最好比盖子小一点，留出白边)，贴上双面胶，粘到盖子上；

2. 采用果枝等装饰"相框"。用双面胶或白胶先固定枝条基部，再固定果枝上部（注意大小适宜，并调整姿态）。

 完成啦~

 **TIPS**

1. 如果选用的盖子较大，可以直接挂在门上或墙上，也可以用硬纸板折叠后固定在盖子后方，做成摆件；
2. 如果盖子较小，适宜摆放在书架上、台灯边、电脑旁等，也可以3-4个一组作为壁挂。

又一岁

喜欢逛花市，买回许多盆栽。总觉得花店的鲜切花只能绽放短短数天，之后慢慢枯萎，带来无尽的失落。又一岁的生日收到朋友送的一束玫瑰；去面包店买早餐时，吐司面包旁边配了可爱的小瓶玫瑰酱，想起家里收藏着漂亮瓶罐，好看又美味的玫瑰酱也许正是这些玫瑰的归宿。

红玫瑰、柠檬、方糖、蜂蜜、可密封的玻璃瓶等。

材料准备

我是这样做的

1. 摘取新鲜的玫瑰花瓣（一定要去掉花萼和花蕊，否则会影响味道和口感），洗净后在阴凉处铺开晾干；

2. 一层花瓣一层糖铺入容器中（白糖或红糖均可），总体花糖比例约2:1（也可根据喜好增加甜度），静置2-3天；

3. 用杵状物或用手捏搓至黏稠状，装瓶；装瓶时注意压实以排除空气，装入量最好不要超出容器容量的2/3，为后期发酵膨胀留出空间。倒入蜂蜜，将花瓣完全浸泡，以隔绝空气；还可以滴几滴柠檬汁抑菌；最后加盖密封。

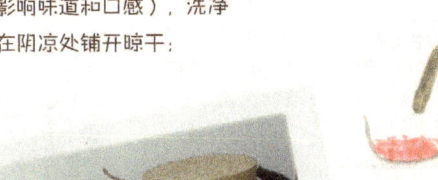

▽▽ 完成啦~

TIPS 需冷藏存储，并尽快食用。

候鸟生活

天冷了，有着银色机翼的"飞鸟"载着一群又一群老人、孩子，飞抵阳光海岛，开启数月的候鸟生活。我也随家人南下走进25℃的冬季。明媚的阳光下，火焰树娇艳的花朵在枝头热情地燃烧着，渲染着这无忧无虑的时光。

 火焰花（花瓣和花苞）　 细铁丝　 筷子、回形针等

材料准备

 我是这样做的

1. 拾取干净完好的火焰花，去除花间的杂物和小昆虫等；

2. 将火焰花的花瓣与花苞分离；

3. 用鱼线或细铁丝将火焰花穿起来，穿线的时候花苞中放入一粒小果以固定，防止旋转，花苞间保持一定距离。

完成啦~

花苞里面放果子以固定位置

 可以挂在门上或是墙边进行装饰。

 **我是这样做的**

1. 剪一段榕树气生根，拧成束；

气生根绑

2. 三支筷子用气生根缠绕捆绑端部，架起来；

3. 将气生根束固定在筷子架顶端，并由上至下铺展开；

4. 用牙签将火焰花固定在筷子捆扎处。

▷ 完成啦~

TIPS
适宜摆放在背景单纯的几案或电视柜上，搭配以桌布或围巾。

我是这样做的

1. 将2-3个火焰花花苞叠放，其内放入一颗小果，回形针掰直穿入小果，以更好地固定。

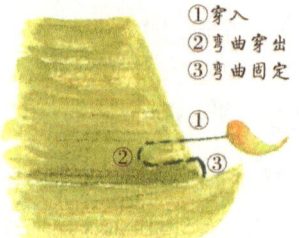

① 穿入
② 弯曲穿出
③ 弯曲固定

2. 将回形针另一端穿入帽子适宜位置后，在内部弯曲固定。

 完成啦~

这个帽饰持久又稳固，不用担心它脱落或变色，是很别致的装饰方法。

枯藤重焕生机

椰树一定是太高了，想要亲吻椰果的藤蔓实在爬不动了，但仍然保持着向上攀援的姿态。我将枯萎的藤蔓轻轻剥离下来，随意缠绕在阳台的水管上，枯藤重焕生机。

枯藤、变叶木落叶、变黄的海桐叶、细铁丝等。

 材料准备

我是这样做的

铁丝缠绕用于固定

1. 在水管适宜位置缠绕铁丝线圈，将藤蔓缠绕在水管和铁丝线圈上（如果管子上刚好有高度适宜的接头，就可以直接利用了）；

卷

2. 将变叶木落叶卷起来呈蛋卷状，用牙签或铁丝别住固定（可以做3-5个）；

牙签固定

3. 用细铁丝将叶饰固定在铁丝线圈上；也可以直接在铁丝线圈上插入变黄的海桐叶。

▷完成啦~

TPS 无论是阳台还是厨房，在安全的前提下，外露的管子都可以这样美饰一番！

枝叶装点的情人节

又是一年情人节，街上弥漫着巧克力的味道。面包树肥硕的大叶托着一颗颗金灿灿的祝福，邀家人一起共享这香醇的美好。阳光照耀的花园，海桐的枯叶都绽放出幸福的笑容。我采下两片海桐叶，装束在红果周围，叶片优美的姿态如同张开的双手呵护着纯真的爱心。我想，这是节日里最可爱的表达。

果枝、变黄的海桐叶、丝带等。

材料准备

 我是这样做的

1. 对果枝基部的叶片进行修剪，去掉多余的和破损的叶片；

2. 将枝条平铺到桌面上，中间铺长枝、两边铺短枝，用细线捆绑成束，再用丝带装饰；

完成啦~

我是这样做的

1. 把果枝叶片全部剪掉，绑成果枝小束；

2. 海桐叶对拼，绑在果枝束外，再用丝带绑在外面进行装饰。

 完成啦~

新春快乐

暖风骄阳、蓝天白云、碧海银沙,这似乎都不是记忆中新春的符号;但欢乐的鞭炮、礼花和喜庆的对联、金福,又让我感受到熟悉的年味。精心收集这里独特的符号,装扮着节日的景象,每一枚叶片都凝聚着阳光的灿烂。

斑斓的变叶木落叶

榕树气生根

果枝

草地上落下的火焰花

面包树叶

以及收藏的各种盒、罐。

材料准备

摆件

我是这样做的

1. 在盒身套上麻绳,将变叶木落叶插入麻绳内,叶尖多余部分折入盒内,下面多余的部分剪去;

2. 在盒中放入一团报纸以利材料固定,再将两束气生根首尾插入盒中,接着插入彩叶木叶片,中间插入火焰花。

完成啦~

果盒

我是这样做的

1. 将面包树叶擦拭干净,对折;

2. 将树叶围绕在圆形盒子外面,用榕树气生根固定;放入青枣和金橘,后面再插入朱蕉叶(适宜放入颜色反差大的果子)。

▷ 完成啦~

盘饰

我是这样做的

1. 选择平坦的素盘,大小均可;

2. 以气生根为"笔墨",在素盘中随心"勾画"出喜爱的图案;

3. 放入花瓣加以点缀。

▷ 完成啦~

TIPS 可以放在茶几上观赏,是参与性很强的动态装饰,画意十足!

壁挂

  我是这样做的

1. 整理果枝,根据其长短分类平铺到桌上,并剪去多余叶片;

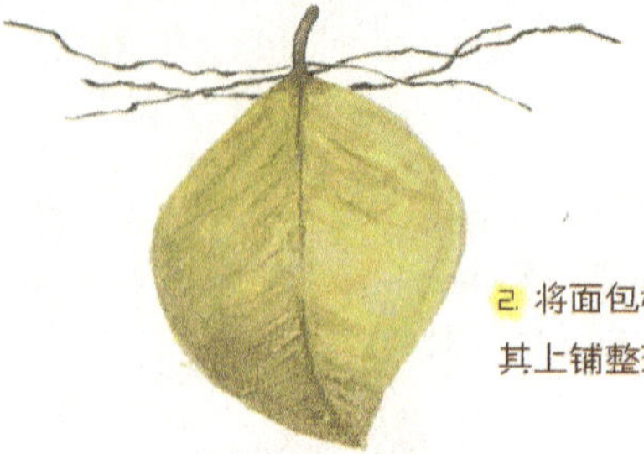

2. 将面包树叶擦拭干净,其上铺整理好的果枝;

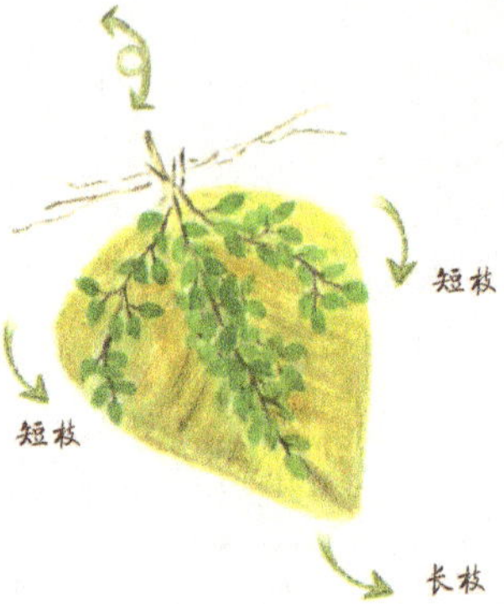

3. 铺放时注意,两侧铺短枝、中间铺长枝。最后用榕树气生根将面包树叶和果枝捆绑在一起。

完成啦~

TIPS 可以挂在门上或墙上,也可用做装饰性的果盘或零食盘。

果盘

我是这样做的

1. 剪几段榕树气生根，缠绕成环状；

2. 将面包树叶片擦拭干净铺底，将气生根环放在叶片上，在其内放入夏威夷果、核桃、开心果等干果；

3. 三支筷子用气生根缠绕捆绑端部，架在气生根环内；

气生根绑
筷子

4. 用几张巧克力包装金箔纸折成小鸟，用牙签固定在气生根环边，很萌很可爱的节日装饰就完成了。

.107.

听！海的声音

清晨，在一位当地渔民的带领下，我们沿着一条沙石小路前行，走进一片茂密的树林。路边，野生的仙人掌和菠萝随处可见；林下，松软的杉枝保持着最自然的状态。穿出树林，豁然开朗，几尾渔船悠闲地在海边睡着，渔民慢悠悠地整理渔网；海面的薄雾还未散去，依稀可见沿着海边慢走的牛车，随着渐远的车痕，铃铛声也若隐若现；轻柔的海浪卷着白白的小浪花，送来无数美丽的贝壳和海螺，静静地躺在细细的沙滩上。一片世外桃源般的曼妙世界！

海螺、贝壳、珊瑚、蕨、其他小型植物、种植基质等。

材料准备

我是这样做的

1. 在大海螺中填入疏松肥沃的种植基质，再种入蕨或其他小型植物；注意植物姿态与海螺形态的协调，并调整海螺平衡，便于摆放；

2. 在周围布置小海螺、贝壳、珊瑚等，展现海岸风情。

TIPS

洗手间的水箱上面或是托架都是适宜的摆放位置，电脑旁、梳妆台、床头柜上当然也可以。

榕根缠绵

枝生根、根发枝，这就是榕树生生不息的轮回。凉风吹拂的树荫下，我轻轻抚摸着这些精灵般的气生根。我会用环形来解读它们独特的生命姿态，它们彼此间的拥抱缠绵展现出饶有风韵的气质。

材料准备

榕树气生根、果枝、彩叶木落叶、面包树叶、杉果、丝带等。

我是这样做的

1. 将榕树气生根缠绕成环状，再缠一根长长的气生根在外面以固定；

2. 顺着气生根的环形缠一圈丝带，插入叶枝和果枝；

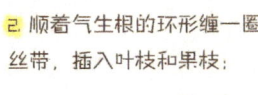

3. 也可将小·杉果和彩叶木落叶卷用牙签固定在气生根上，上部用丝带蝴蝶结装饰。

TIPS

可以美美地挂在门上或墙上，也可套在开关外面进行装饰，还可放到面包树叶上作为置物容器。

忙碌的空隙里，长出生活的美好

协助本书部分作品插图绘制等工作：
刘敏修　鲜丹　姜义卓
孙樱麂　伍泓昆

图书在版编目(CIP)数据

花草相伴的小时光 / 李圆圆著. —南京：东南大学出版社，2018.5
 ISBN 978-7-5641-7219-0

Ⅰ.①花… Ⅱ.①李… Ⅲ.①随笔—作品集—中国—当代 Ⅳ.①I267.1

中国版本图书馆 CIP 数据核字(2017)第 136912 号

花草相伴的小时光

出版发行：	东南大学出版社
社　　址：	南京市四牌楼 2 号　邮编：210096
出 版 人：	江建中
责任编辑：	朱震霞
网　　址：	http：//www.seupress.com
电子邮箱：	press@seupress.com
经　　销：	全国各地新华书店
印　　刷：	虎彩印艺股份有限公司
开　　本：	700 mm×1 000 mm　1/16
印　　张：	7.5
字　　数：	120 千字
版　　次：	2018 年 5 月第 1 版
印　　次：	2018 年 5 月第 1 次印刷
书　　号：	ISBN 978-7-5641-7219-0
定　　价：	42.00 元

本社图书若有印装质量问题，请直接与营销部联系。电话：025 - 83791830